PASSION SIMPLE

ANNIE ERNAUX

PASSION SIMPLE

FRANCE LOISIRS
123, Boulevard de Grenelle, Paris

Une Édition du Club France Loisirs, Paris,
réalisée avec l'autorisation des Éditions Gallimard

Nous deux – le magazine – est plus obscène que Sade.

ROLAND BARTHES

Cet été, j'ai regardé pour la première fois un film classé X à la télévision, sur Canal +. Mon poste n'a pas de décodeur, les images sur l'écran étaient floues, les paroles remplacées par un bruitage étrange, grésillements, clapotis, une sorte d'autre langage, doux et ininterrompu. On distinguait une silhouette de femme en guêpière, avec des bas, un homme. L'histoire était incompréhensible et on ne pouvait prévoir quoi que ce soit, des gestes ou des actions. L'homme s'est approché de la femme. Il y a eu un gros plan, le sexe de la femme est apparu, bien visible dans les scintillements de l'écran, puis le sexe de l'homme, en érection, qui s'est glissé dans celui de la femme. Pendant un temps très long, le va-et-vient des deux sexes a été montré sous plusieurs angles. La queue est réapparue, entre la main de l'homme, et le sperme s'est répandu sur le ventre de la femme. On s'habitue certainement à cette vision, la première fois est bouleversante. Des siècles et des siècles, des centaines de générations et c'est maintenant, seulement, qu'on peut voir cela, un sexe de femme et un sexe d'homme s'unissant, le sperme – ce qu'on ne pouvait regarder sans presque mourir devenu aussi facile à voir qu'un serrement de mains.

Il m'a semblé que l'écriture devrait tendre à cela, cette impression que provoque la scène de l'acte sexuel, cette angoisse et cette stupeur, une suspension du jugement moral.

À partir du mois de septembre l'année dernière, je n'ai plus rien fait d'autre qu'attendre un homme : qu'il me téléphone et qu'il vienne chez moi. J'allais au supermarché, au cinéma, je portais des vêtements au pressing, je lisais, je corrigeais des copies, j'agissais exactement comme avant, mais sans une longue accoutumance de ces actes, cela m'aurait été impossible, sauf au prix d'un effort effrayant. C'est surtout en parlant que j'avais l'impression de vivre sur ma lancée. Les mots et les phrases, le rire même se formaient dans ma bouche sans participation réelle de ma réflexion ou de ma volonté. Je n'ai plus d'ailleurs qu'un souvenir vague de mes activités, des films que j'ai vus, des gens que j'ai rencontrés. L'ensemble de ma conduite était factice. Les seules actions où j'engageais ma volonté, mon désir et quelque chose qui doit être l'intelligence humaine (prévoir, évaluer le pour et le contre, les conséquences) avaient toutes un lien avec cet homme :

lire dans le journal les articles sur son pays (il était étranger)

choisir des toilettes et des maquillages

lui écrire des lettres

changer les draps du lit et mettre des fleurs dans la chambre

noter ce que je ne devais pas oublier de lui dire, la prochaine fois, qui était susceptible de l'intéresser

acheter du whisky, des fruits, diverses petites nourritures pour la soirée ensemble

imaginer dans quelle pièce nous ferions l'amour à son arrivée.

Dans les conversations, les seuls sujets qui perçaient mon indifférence avaient un rapport avec cet homme, sa fonction, le pays d'où il venait, les endroits où il était allé. La personne en train de me parler ne soupçonnait pas que mon intérêt soudain intense pour ses propos n'était pas dû à sa façon de raconter, et très peu au sujet lui-même, mais au fait qu'un jour, dix ans avant que je le rencontre, A., en mission à La Havane, était peut-être entré justement dans ce night-club, le « Fiorendito » que, stimulée par mon attention, elle me décrivait avec un luxe de détails. De même, en lisant, les phrases qui m'arrêtaient avaient trait aux relations entre un homme et une femme. Il me semblait qu'elles m'apprenaient quelque chose sur A. et donnaient un sens certain à ce que je désirais croire. Ainsi, lire dans *Vie et destin* de Grossman que « lorsqu'on aime on ferme les yeux en embrassant » me portait à imaginer que A. m'aimait puisqu'il m'embrassait ainsi. Le reste du livre, ensuite, redevenait ce que toute activité a été pour moi pendant une année, un moyen d'user le temps entre deux rencontres.

15

Je n'avais pas d'autre avenir que le prochain coup de téléphone fixant un rendez-vous. J'essayais de sortir le moins possible en dehors de mes obligations professionnelles – dont il avait les horaires –, craignant toujours de manquer un appel de lui pendant mon absence. J'évitais aussi d'utiliser l'aspirateur ou le sèche-cheveux qui m'auraient empêchée d'entendre la sonnerie. Celle-ci me ravageait d'un espoir qui ne durait souvent que le temps de saisir lentement l'appareil et de dire allô. En découvrant que ce n'était pas lui, je tombais dans une telle déception que je prenais en horreur la personne au bout du fil. Dès que j'entendais la voix de A., mon attente indéfinie, douloureuse, jalouse évidemment, se néantisait si vite que j'avais l'impression d'avoir été folle et de redevenir subitement normale. J'étais frappée par l'insignifiance, au fond, de cette voix et l'importance démesurée qu'elle avait dans ma vie.

S'il m'annonçait qu'il arrivait dans une

heure — une « opportunité », c'est-à-dire un prétexte pour être en retard sans donner de soupçons à sa femme —, j'entrais dans une autre attente, sans pensée, sans désir même (au point de me demander si je pourrais jouir), remplie d'une énergie fébrile pour des tâches que je ne parvenais pas à ordonner : prendre une douche, sortir des verres, vernir mes ongles, passer la serpillière. Je ne savais plus qui j'attendais. J'étais seulement happée par cet instant — dont l'approche m'a toujours saisie d'une terreur sans nom — où j'entendrais la voiture freiner, la portière claquer, ses pas sur le seuil de béton.

Quand il me laissait un intervalle plus long, trois ou quatre jours entre son appel et sa venue, je me représentais avec dégoût tout le travail que je devrais faire, les repas d'amis où je devrais aller, avant de le revoir. J'aurais voulu n'avoir rien d'autre à faire que l'attendre. Et je vivais dans une hantise croissante qu'il survienne n'importe quoi empêchant notre rendez-vous. Un après-midi, alors que je rentrais chez moi en voiture et qu'il devait arriver une demi-heure plus tard, j'ai eu la pensée rapide que je pourrais avoir un accrochage. Aussitôt : « Je ne sais pas si je m'arrêterais [1]. »

Une fois prête, maquillée, coiffée, la maison rangée, j'étais, s'il me restait du temps, incapable de lire ou de corriger des copies. D'une certaine façon, aussi, je ne voulais pas détourner mon esprit vers autre chose que l'attente de A. : ne pas gâcher celle-ci. Souvent, j'écrivais sur une feuille la date, l'heure, et « il va venir » avec d'autres phrases, des craintes, qu'il ne vienne pas, qu'il ait moins de désir. Le soir, je reprenais cette feuille, « il est venu », notant en désordre des détails de cette rencontre. Puis, je regardais, hébétée, la feuille gribouillée, avec les deux para-

---

1. J'ai souvent l'habitude de mettre en balance un désir et un accident que je provoquerais ou dont je serais la victime, une maladie, quelque chose de plus ou moins tragique. C'est une manière assez sûre de mesurer la force de mon désir – peut-être aussi de défier le destin – que de savoir si j'accepte d'en payer le prix en imagination : « Cela m'est égal d'avoir ma maison incendiée si je réussis à terminer ce que je suis en train d'écrire. »

graphes écrits avant et après, qui se lisaient à la suite, sans rupture. Entre les deux, il y avait eu des paroles, des gestes, qui rendaient tout le reste dérisoire, y compris l'écriture par laquelle j'essayais de les fixer. Un espace de temps délimité par deux bruits de voiture, sa R 25 freinant, redémarrant, où j'étais sûre qu'il n'y avait jamais rien eu de plus important dans ma vie, ni avoir des enfants, ni réussir des concours, ni voyager loin, que cela, être au lit avec cet homme au milieu de l'après-midi.

Cela ne durait que quelques heures. Je ne portais pas ma montre, la retirant juste avant son arrivée. Il conservait la sienne et j'appréhendais le moment où il la consulterait discrètement. Quand j'allais dans la cuisine chercher des glaçons, je levais les yeux vers la pendule accrochée au-dessus de la porte, « plus que deux heures », « une heure », ou « dans une heure je serai là et il sera reparti ». Je me demandais avec stupeur : « Où est le présent ? »

Avant de partir, il se rhabillait posément. Je le regardais boutonner sa chemise, enfiler ses chaussettes, son slip, son pantalon, se tourner vers la glace pour nouer sa cravate. Quand il aurait mis son veston, tout serait fini. Je n'étais plus que du temps passant à travers moi.

Aussitôt après son départ, une immense fatigue me pétrifiait. Je ne rangeais pas tout de suite. Je contemplais les verres, les assiettes avec des restes, le cendrier plein, les vêtements, les pièces de lingerie, éparpillés dans le couloir, la chambre, les draps pendant sur la moquette. J'aurais voulu conserver tel quel ce désordre où tout objet signifiait un geste, un moment, qui composait un tableau dont la force et la douleur ne seront jamais atteintes pour moi par aucun autre dans un musée. Naturellement, je ne me lavais pas avant le lendemain pour garder son sperme.

Je calculais combien de fois nous avions fait l'amour. J'avais l'impression que, à chaque fois, quelque chose de plus s'était ajouté à notre relation mais aussi que c'était cette même accumulation de gestes et de plaisir qui allait sûrement nous éloigner l'un de l'autre. On épuisait un capital de désir. Ce qui était gagné dans l'ordre de l'intensité physique était perdu dans celui du temps.

Je tombais dans un demi-sommeil où j'avais la sensation de dormir dans son corps à lui. Le jour suivant, je vivais dans une torpeur où se reformait indéfiniment une caresse qu'il avait eue, se répétait un mot qu'il avait prononcé. Il ne connaissait pas de mots français obscènes, ou bien il n'avait pas envie de les utiliser parce que ceux-ci n'étaient pas pour lui chargés d'interdit social, des mots aussi innocents que les autres (comme l'auraient été pour moi les mots grossiers de sa langue). Dans le R.E.R., au supermarché, j'entendais sa voix murmurer « caresse-moi le sexe avec ta bouche ». Une fois, à la station Opéra, plongée dans ma rêverie, j'ai laissé passer sans m'en rendre compte la rame que je devais prendre.

Cette anesthésie se dissipait progressivement, je recommençais d'attendre un appel, avec de plus en plus de souffrance et d'angoisse au fur et à mesure que s'éloignait la date de la dernière rencontre. De la même façon qu'après les examens autrefois, où plus je m'éloignais de l'épreuve et plus j'étais certaine d'être recalée, plus les jours se succédaient sans qu'il m'appelle, plus j'étais certaine d'être quittée.

Les seuls moments heureux en dehors de sa présence étaient ceux où j'achetais de nouvelles robes, des boucles d'oreilles, des bas, et les essayais chez moi devant la glace, l'idéal, impossible, consistant en ce qu'il voie à chaque fois une toilette différente. Il apercevait à peine cinq minutes mon chemisier ou mes escarpins neufs qui seraient abandonnés n'importe où jusqu'à son départ. Je savais aussi l'inutilité des fringues devant un nouveau désir qu'il aurait eu pour une autre femme. Mais apparaître dans une toilette qu'il avait déjà vue me paraissait une faute, un relâchement dans l'effort vers une sorte de perfection à laquelle je tendais dans ma relation avec lui. Dans la même volonté de perfection, j'ai feuilleté dans une grande surface *Techniques de l'amour physique.* Sous le titre, il y avait « 700 000 exemplaires vendus ».

Souvent, j'avais l'impression de vivre cette passion comme j'aurais écrit un livre : la même nécessité de réussir chaque scène, le même souci de tous les détails. Et jusqu'à la pensée que cela me serait égal de mourir après être allée au bout de cette passion — sans donner un sens précis à « au bout de » — comme je pourrais mourir après avoir fini d'écrire ceci dans quelques mois.

J'essayais, devant les gens que je fréquente, de ne pas laisser transparaître mon obsession dans mes paroles, bien que cela réclame une vigilance difficile à maintenir constamment. Chez le coiffeur, j'ai vu une femme très volubile, à qui tout le monde répondait normalement jusqu'au moment où, la tête renversée dans le bac, elle a dit « on me soigne pour les nerfs ». Aussitôt, imperceptiblement, le personnel s'est adressé à elle avec une retenue distante, comme si cet aveu irrépressible était la preuve de son dérangement. J'avais peur de paraître moi aussi anormale si j'avais dit « je vis une passion ». Pourtant, quand je me trouvais au milieu d'autres femmes, à la caisse du supermarché, à la banque, je me demandais si elles avaient comme moi un homme sans arrêt dans la tête, sinon, comment elles faisaient pour vivre ainsi, c'est-à-dire — d'après mon existence d'avant — en n'ayant comme attente que le week-end, une sortie au restaurant, la séance de gym ou les résultats scolaires des enfants : tout ce qui m'était maintenant ou pénible ou indifférent.

À la faveur d'une confidence, une femme ou un homme qui avouait être en train de vivre, ou avoir vécu, « un amour dingue pour un mec » ou « une relation très forte avec quelqu'un », j'avais envie de me livrer quelquefois. L'euphorie de la complicité disparue, je m'en voulais de m'être laissée aller, si peu que ce soit. Ces conversations où j'avais continuellement répondu aux propos de l'autre par « moi aussi, c'est pareil pour moi, j'ai fait la même chose, etc. » me paraissaient d'un seul coup étrangères à la réalité de ma passion, inutiles. Même, quelque chose se perdait dans ces effusions.

Je n'avais dévoilé à mes fils qui sont étudiants et séjournent irrégulièrement chez moi que le minimum pratique me garantissant l'exercice facile de ma liaison. Ainsi, ils devaient téléphoner pour savoir s'ils pouvaient rentrer à la maison et, s'ils s'y trouvaient, repartir dès que A. annonçait sa venue. Cet arrangement ne suscitait — extérieurement du moins — aucune difficulté. Mais j'aurais préféré tenir complètement secrète cette histoire vis-à-vis de mes enfants, de la même façon que j'avais toujours caché autrefois mes flirts et mes aventures à mes parents. Désir, sans doute, d'éviter leur jugement. Aussi parce que parents et enfants sont les derniers à pouvoir accepter sans malaise la sexualité de ceux qui leur sont charnellement les plus proches et pour toujours les plus interdits. Que les enfants refusent l'évidence inscrite dans les yeux vagues, le silence absent de leur mère : ils ne comptent pas plus pour elle à certains moments que pour une chatte impatiente de courir de vieux chatons [1].

---

1. Dans *Marie-Claire,* des jeunes, interviewés, condamnent sans appel les amours de leur mère séparée ou divorcée. Une fille, avec rancune : « Les amants de ma mère n'ont servi qu'à la faire rêver. » Quel meilleur service ?

Durant cette période, je n'ai pas écouté une seule fois de la musique classique, je préférais les chansons. Les plus sentimentales, auxquelles je ne prêtais aucune attention avant, me bouleversaient. Elles disaient sans détour ni distance l'absolu de la passion et aussi son universalité. En entendant Sylvie Vartan chanter alors « c'est fatal, animal », j'étais sûre de ne pas être la seule à éprouver cela. Les chansons accompagnaient et légitimaient ce que j'étais en train de vivre.

dans les journaux féminins je lisais d'abord l'horoscope.

il me prenait l'envie de voir sans délai tel film dont j'étais persuadée qu'il contenait mon histoire, très déçue si, lorsqu'il était ancien, on ne le jouait nulle part, comme *L'empire des sens* d'Oshima.

je donnais de l'argent aux hommes et aux femmes assis dans les couloirs du métro en faisant le vœu qu'il m'appelle le soir au téléphone. Je promettais d'envoyer 200 francs au Secours populaire s'il venait me voir avant une date que je fixais. Contrairement à ma façon habituelle de vivre, je jetais facilement l'argent par les fenêtres. Cela me semblait faire partie d'une dépense générale, nécessaire, inséparable de ma passion pour A., incluant aussi celle du temps, que je perdais en rêveries et attente, et naturellement celle du corps : faire l'amour à en tituber de fatigue, comme si c'était la dernière fois. (Qu'est-ce qui assure que ce n'est pas la dernière fois ?)

un après-midi où il était là, j'ai brûlé le tapis du living jusqu'à la trame en posant dessus une cafetière bouillante. Cela m'était indifférent. Même, à chaque fois que j'apercevais cette marque, j'étais heureuse en me rappelant cet après-midi avec lui.

les désagréments de la vie quotidienne ne m'irritaient pas. Je ne me suis pas souciée d'une grève de deux mois dans la distribution du courrier puisque A. ne m'envoyait pas de lettres (sans doute par prudence d'homme marié). J'attendais tranquillement dans les embouteillages, à un guichet de banque, et ne m'agaçais pas de l'accueil rechigné d'un employé. Rien ne m'impatientait. J'éprouvais à l'égard des gens un mélange de compassion, de douleur et de fraternité. Je comprenais les marginaux allongés sur les bancs, les clients des prostituées, une voyageuse plongée dans un Harlequin (mais je n'aurais pas su dire ce qu'il y avait en moi qui leur ressemblait).

une fois, en allant chercher, nue, des bières au réfrigérateur, je me suis rappelé les femmes, seules ou mariées, mères de famille, qui, dans le quartier de mon enfance, recevaient en cachette un homme l'après-midi (tout s'écoutait – il était impossible de démêler si le voisinage leur reprochait de ne pas avoir de conduite ou de consacrer les heures du jour au plaisir au lieu de nettoyer leurs vitres). Je pensais à elles avec une profonde satisfaction.

Tout ce temps, j'ai eu l'impression de vivre ma passion sur le mode romanesque, mais je ne sais pas, maintenant, sur quel mode je l'écris, si c'est celui du témoignage, voire de la confidence telle qu'elle se pratique dans les journaux féminins, celui du manifeste ou du procès-verbal, ou même du commentaire de texte.

Je ne fais pas le récit d'une liaison, je ne raconte pas une histoire (qui m'échappe pour la moitié) avec une chronologie précise, « il vint le 11 novembre », ou approximative, « des semaines passèrent ». Il n'y en avait pas pour moi dans cette relation, je ne connaissais que la présence ou l'absence. J'accumule seulement les signes d'une passion, oscillant sans cesse entre « toujours » et « un jour », comme si cet inventaire allait me permettre d'atteindre la réalité de cette passion. Il n'y a naturellement ici, dans l'énumération et la description des faits, ni ironie ni dérision, qui sont des façons de raconter les choses aux autres ou à soi-même après les avoir vécues, non de les éprouver sur le moment.

Quant à l'origine de ma passion, je n'ai pas l'intention de la chercher dans mon histoire lointaine, celle que me ferait reconstituer un psychanalyste, ou récente, ni dans les modèles culturels du sentiment qui m'ont influencée depuis l'enfance (*Autant en em-*

porte le vent, Phèdre ou les chansons de Piaf
sont aussi décisifs que le complexe d'Œdipe).
Je ne veux pas expliquer ma passion – cela
reviendrait à la considérer comme une erreur
ou un désordre dont il faut se justifier – mais
simplement l'exposer.

Les seules données, peut-être, à prendre
en compte, seraient matérielles, le temps et
la liberté dont j'ai pu disposer pour vivre
cela.

Il aimait les costumes Saint-Laurent, les
cravates Cerruti et les grosses voitures. Il
conduisait vite, avec appels de phares, sans
parler, comme entièrement livré à la sensation d'être libre, bien habillé, en situation
dominante sur une autoroute française, lui
qui venait d'un pays de l'Est. Il appréciait
qu'on lui trouve une ressemblance avec Alain
Delon. Je devinais – autant qu'on puisse le
faire avec justesse lorsqu'il s'agit d'un étran-

ger – qu'il n'était pas attiré par les choses intellectuelles et artistiques, malgré le respect qu'elles lui inspiraient. À la télévision, il préférait les jeux et *Santa Barbara*. Tout cela m'était égal. Sans doute parce que je pouvais considérer les goûts de A., étranger, comme des différences culturelles avant tout, alors que chez un Français ces mêmes goûts me seraient apparus d'abord comme des différences sociales. Ou, peut-être, avais-je plaisir à retrouver en A. la partie la plus « parvenue » de moi-même : j'avais été une adolescente avide de robes, de disques et de voyages, privée de ces biens parmi des camarades qui les avaient – à l'image de A. « privé » avec tout son peuple, n'aspirant qu'à posséder les belles chemises et les magnétoscopes des vitrines occidentales [1].

---

1. Cet homme continue de vivre quelque part dans le monde. Je ne peux pas le décrire davantage, fournir des signes susceptibles de l'identifier. Il « fait sa vie » avec détermination, c'est-à-dire qu'il n'y a pas pour lui d'œuvre plus importante à élaborer que cette vie. Qu'il en aille autrement pour moi ne m'autorise pas à dévoiler sa personne. Il n'a pas choisi de figurer dans mon livre mais seulement dans mon existence.

Il buvait beaucoup, selon l'usage des pays de l'Est. Cela m'effrayait à cause d'un accident possible en repartant sur l'autoroute mais ne me répugnait pas. Même s'il lui arrivait de tituber, ou d'éructer en m'embrassant. Au contraire, j'étais heureuse d'être unie à lui dans un début d'abjection.

Je ne savais pas de quelle nature était sa relation avec moi. Au début, j'avais déduit de certains indices — son air heureux et son silence en me regardant, dire « j'ai roulé comme un fou pour venir », me raconter son enfance — qu'il éprouvait la même passion que moi. Cette certitude avait ensuite vacillé. Il me semblait plus réservé, moins enclin à se livrer — mais il suffisait qu'il me parle de son père, des framboises qu'il cueillait dans la forêt à douze ans pour que je change d'avis. Il ne m'offrait plus rien — quand je recevais des fleurs ou un livre de la part d'amis, je pensais aux attentions que lui ne jugeait pas nécessaire d'avoir à mon égard, mais aussitôt : « Il me fait cadeau de son désir. » J'enregistrais avidement les phrases que je prenais pour des signes de sa jalousie, seule preuve selon moi de son amour. Après quelque temps je m'apercevais que « est-ce que tu pars pour Noël ? » n'était qu'une question banale ou pratique, pour prévoir ou non un rendez-vous, nullement une manière détournée de savoir si j'allais au ski avec quelqu'un (peut-être même souhaitait-il que je parte afin de voir une autre femme ?). Je me demandais souvent ce que signifiaient pour lui ces après-midi passés à faire l'amour. Sans doute rien d'autre que cela justement, faire l'amour. De toute façon, il était inutile de chercher des raisons supplémentaires, je ne serais jamais sûre que d'une chose : son désir ou son absence de désir. La seule vérité incontestable était visible en regardant son sexe.

Qu'il soit étranger rendait encore plus improbable toute interprétation de son comportement, modelé par une culture dont je ne connaissais que l'aspect touristique, les clichés. J'avais d'abord été découragée par ces limites évidentes à la compréhension mutuelle, renforcées par le fait que, s'il s'exprimait assez bien en français, je ne parlais pas sa langue. Puis j'ai admis que cette situation m'épargnait l'illusion de croire à une parfaite communication, voire fusion, entre nous. Dans le léger décalage de son français par rapport à l'usage habituel, dans l'hésitation que j'éprouvais quelquefois sur le sens qu'il attribuait à un mot, je mesurais à chaque instant l'à-peu-près des échanges de paroles. J'avais le privilège de vivre depuis le début, constamment, en toute conscience, ce qu'on finit toujours par découvrir dans la stupeur et le désarroi : l'homme qu'on aime est un étranger.

Les contraintes que m'imposait sa situation d'homme marié – ne pas lui téléphoner – ne pas lui envoyer de lettres – ne pas lui faire des cadeaux qu'il justifierait difficilement – dépendre constamment de ses possibilités de se libérer – ne me révoltaient pas.

je lui remettais les lettres que je lui écrivais au moment où il partait de chez moi. Soupçonner, qu'une fois lues, il les jetait peut-être en petits morceaux sur l'autoroute ne m'empêchait pas de continuer à lui écrire.

je prenais garde à ne laisser aucun signe de moi sur ses vêtements et je ne lui faisais pas de marques sur la peau. Autant que le désir de lui éviter toute scène avec sa femme, il y avait celui de ne pas encourir de sa part une rancune qui l'aurait conduit à me quitter. Pour cette même raison, j'évitais de le rencontrer dans des endroits où elle l'accompagnait. J'avais peur de trahir devant elle, par un geste spontané – caresser la nuque de A., arranger un détail de sa tenue –, le lien que nous avions. (Je ne voulais pas non plus souffrir inutilement en me représentant, comme chaque fois que je la voyais, A. lui faisant l'amour – que je la juge insignifiante, qu'il le fasse peut-être parce qu'il l'avait « sous la main », ne pouvait rien contre la torture d'une telle vision.)

Ces contraintes, même, étaient source d'attente et de désir. Comme il m'appelait toujours depuis les cabines téléphoniques, au fonctionnement imprévisible, quand je décrochais il n'y avait souvent personne au bout du fil. À la longue, j'ai appris que ce « faux » appel en précédait un vrai, au plus un quart d'heure après, le temps de trouver un appareil en état de marche. Ce premier appel muet était le signe avant-coureur de sa voix, une (rare) promesse certaine de bonheur, et l'intervalle qui me séparait de l'appel suivant où il dirait mon prénom et « on peut se voir ? » l'un des plus beaux moments qui soient.

Devant la télévision le soir, je me demandais s'il était en train de regarder la même émission ou le même film que moi, surtout si le sujet en était l'amour ou l'érotisme, si le scénario avait une correspondance avec notre situation. J'imaginais alors qu'il voyait *La femme d'à côté* en nous substituant aux personnages. S'il me disait avoir vu effectivement ce film, j'avais tendance à croire qu'il l'avait choisi ce soir-là à cause de nous et que, représentée à l'écran, notre histoire devait lui paraître plus belle, en tout cas justifiée. (Naturellement, j'écartais vite l'idée que notre lien pouvait, à l'inverse, lui sembler dangereux, puisque au cinéma, régulièrement, toutes les passions hors mariage finissent mal [1].)

Quelquefois, je me disais qu'il passait peut-être toute une journée sans penser une seconde à moi. Je le voyais se lever, prendre son café, parler, rire, comme si je n'existais

1. *Loulou* de Pialat, *Trop belle pour toi* de Blier, etc.

pas. Ce décalage avec ma propre obsession me remplissait d'étonnement. Comment était-ce possible. Mais lui-même aurait été stupéfait d'apprendre qu'il ne quittait pas ma tête du matin au soir. Il n'y avait pas de raison de trouver plus juste mon attitude ou la sienne. En un sens, j'avais plus de chance que lui.

Quand je marchais dans Paris, en voyant défiler sur les boulevards de grosses voitures conduites par un homme seul, à l'allure de cadre supérieur affairé, je me rendais compte que A. n'était ni plus ni moins que l'un d'entre eux, d'abord soucieux de sa carrière, avec des accès d'érotisme, peut-être d'amour, pour une femme nouvelle tous les deux ou trois ans. Cette découverte me délivrait. Je décidais de ne plus le voir. J'étais sûre qu'il m'était devenu aussi anonyme et sans intérêt que ces occupants clean de BMW ou R 25. Mais tout en marchant, je regardais dans les vitrines les robes et la lingerie comme en prévision d'un prochain rendez-vous.

Ces moments de distanciation, éphémères, venaient de l'extérieur, je ne les recherchais pas. Au contraire, j'évitais les occasions qui pouvaient m'arracher à mon obsession, lectures, sorties et toute activité dont j'avais le goût avant. J'aspirais au désœuvrement complet. J'ai refusé avec violence une charge supplémentaire de travail que mon directeur me réclamait, l'insultant presque au téléphone. Il me semblait que j'étais dans mon bon droit en m'opposant à ce qui m'empêchait de m'adonner sans limites aux sensations et aux récits imaginaires de ma passion.

Dans le R.E.R., le métro, les salles d'attente, tous les lieux où il est autorisé de ne se livrer à aucune occupation, sitôt assise, j'entrais dans une rêverie de A. À la seconde juste où je tombais dans cet état, il se produisait dans ma tête un spasme de bonheur. J'avais l'impression de m'abandonner à un plaisir physique, comme si le cerveau, sous l'afflux répété des mêmes images, des mêmes souvenirs, pouvait jouir, qu'il soit un organe sexuel pareil aux autres.

Je ne ressens naturellement aucune honte à noter ces choses, à cause du délai qui sépare le moment où elles s'écrivent, où je suis seule à les voir, de celui où elles seront lues par les gens et qui, j'ai l'impression, n'arrivera jamais. D'ici là, je peux avoir un accident, mourir, il peut survenir une guerre ou la révolution. C'est à cause de ce délai que je peux écrire actuellement, à peu près comme à seize ans je m'exposais au soleil brûlant une journée entière, à vingt faisais l'amour sans contraceptifs : sans réfléchir aux suites.

(C'est donc par erreur qu'on assimile celui qui écrit sur sa vie à un exhibitionniste, puisque ce dernier n'a qu'un désir, se montrer et être vu dans le même instant.)

Au printemps, mon attente est devenue continuelle. Une chaleur précoce s'était installée dès le début du mois de mai. Les robes d'été apparaissaient dans les rues, les terrasses des cafés étaient pleines. On entendait sans arrêt une danse exotique, murmurée par une femme à la voix étranglée, la lambada. Tout signifiait des possibilités nouvelles de plaisir dont j'attribuais à A. le projet de profiter en dehors de moi. Son poste, ses fonctions en France me semblaient très élevés, susceptibles d'attirer l'admiration de toutes les femmes, je me dépréciais en proportion inverse, ne me trouvant aucun intérêt qui puisse le retenir auprès de moi. Quand j'allais à Paris, dans quelque quartier que ce soit, je m'attendais toujours à le voir passer en voiture avec une femme à côté de lui. Je marchais très droite, dans une attitude par avance orgueilleusement indifférente à cette rencontre. Que celle-ci, évidemment, ne se produise jamais me décevait presque plus : je déambulais en sueur sous son regard imaginaire boulevard des Italiens pendant qu'il était ailleurs, insaisissable. La vision de lui roulant vitres baissées avec la radiocassette à fond, en direction du parc de Sceaux ou du bois de Vincennes, me poursuivait.

Un jour, j'ai commencé de lire, dans un hebdomadaire de télévision, un reportage sur une troupe de danseurs venus de Cuba, en tournée à Paris. L'auteur insistait sur la sensualité et la liberté des Cubaines. Une photo montrait la danseuse interviewée, grande, avec des cheveux noirs, ses jambes longues découvertes. Au fur et à mesure que j'avançais dans ma lecture, mon pressentiment grandissait. À la fin, j'étais sûre que A., qui connaissait Cuba, avait rencontré la danseuse de la photo. Je le voyais avec elle dans une chambre d'hôtel et rien n'aurait pu à ce moment me convaincre que cette scène était invraisemblable. Au contraire, c'est l'hypothèse qu'elle n'avait pas eu lieu qui me semblait stupide et inimaginable.

Lorsqu'il téléphonait pour qu'on se voie, son appel cent fois espéré ne changeait rien, je restais dans la même tension douloureuse qu'avant. J'étais entrée dans un état où même la réalité de sa voix n'arrivait pas à me rendre heureuse. Tout était manque sans fin, sauf le moment où nous étions ensemble à faire l'amour. Et encore, j'avais la hantise du moment qui suivrait, où il serait reparti. Je vivais le plaisir comme une future douleur.

Sans cesse le désir de rompre, pour ne plus être à la merci d'un appel, ne plus souffrir, et aussitôt la représentation de ce que cela supposait à la minute même de la rupture : une suite de jours sans rien attendre. Je préférais continuer à n'importe quel prix – qu'il ait une autre femme, plusieurs (c'est-à-dire une souffrance encore plus grande que celle pour laquelle je voulais le quitter). Mais à côté du néant entrevu, ma situation présente me paraissait heureuse, ma jalousie une sorte de privilège fragile dont j'aurais été folle de désirer la fin, puisque celle-ci viendrait bien un jour en dehors de ma volonté, quand il partirait ou me quitterait, lui.

Je fuyais les occasions de le rencontrer à l'extérieur au milieu de gens, ne supportant pas de le voir pour seulement le voir. Ainsi je ne suis pas allée à une inauguration où il était invité, obsédée cependant toute la soirée par cette image de lui, souriant et empressé auprès d'une femme, de la même manière qu'il l'avait été avec moi quand nous avions fait connaissance. Ensuite quelqu'un m'avait dit qu'à cette soirée il y avait trois pelés un tondu. J'étais soulagée, me répétant cette expression avec plaisir, comme s'il existait un rapport entre l'atmosphère d'une réception, le nombre des femmes invitées et ce qui ne dépendait que du hasard de la rencontre – alors une seule femme suffisait –, que de son désir à lui, ou non, de la draguer.

Je cherchais à être au courant de ses loisirs et de ses sorties pendant le week-end. Je pensais « en ce moment il est dans la forêt de Fontainebleau, il fait du jogging – il est sur la route de Deauville – sur la plage à côté de sa femme », etc. Savoir me rassurait, j'avais l'impression que de pouvoir le situer dans tel endroit, à tel moment, me prémunissait contre une infidélité. (Croyance que je rapproche de celle, aussi tenace, qui consiste à imaginer que de connaître le lieu de la boum ou des vacances de mes fils suffit à les garantir d'un accident, de la drogue ou de la noyade.)

Je ne voulais pas partir en vacances cet été-là, me réveiller le matin dans une chambre d'hôtel en voyant devant moi une journée à vivre sans aucun appel de lui à attendre. Mais renoncer à partir, c'était lui avouer plus clairement ma passion que de lui dire « je suis folle de toi ». Un jour où j'étais en proie au désir de rompre, j'ai décidé, à la place, de prendre des réservations de train et d'hôtel pour dans deux mois, à Florence. J'étais très satisfaite de cette forme de rupture où je n'étais pas obligée de le quitter. J'ai vu arriver le moment du départ comme celui d'un examen auquel je me serais inscrite longtemps à l'avance et que je n'aurais pas préparé — avec accablement et sentiment d'inutilité. Sur la couchette du wagon-lit, je n'arrêtais pas de me représenter dans ce même train revenant cette fois vers Paris, huit jours plus tard : perspective d'un bonheur inouï, presque impossible (j'allais peut-être mourir à Florence, je ne le reverrais jamais), qui augmentait mon horreur de m'éloigner de plus en plus de Paris, me faisait sentir l'intervalle entre l'aller et le retour comme une durée interminable et atroce.

Le pire était de ne pouvoir demeurer dans la chambre d'hôtel toute la journée, à attendre le train qui me ramènerait vers Paris. Il fallait justifier le voyage en me livrant aux visites culturelles, aux promenades dont j'ai l'habitude en vacances. Je marchais des heures, dans l'Oltrarno, le jardin Boboli, jusqu'à la piazza San Michelangelo, San Miniato. J'entrais dans toutes les églises ouvertes, faisais trois vœux (à cause de la croyance que l'un des trois sera exaucé — ils avaient tous trait à A. naturellement), et je restais assise dans la fraîcheur et le silence, à poursuivre l'un des multiples scénarios (un séjour ensemble à Florence, nos retrouvailles dans dix ans sur un aéroport, etc.) qui me venaient continuellement, partout, du matin au soir.

Je ne comprenais pas que des gens cherchent dans le guide la date, l'explication de chaque tableau, toutes choses sans relation avec leur propre vie. L'usage que je faisais des œuvres d'art était seulement passionnel. Je retournais dans l'église de la Badia parce que c'était là que Dante avait rencontré Béatrice. Les fresques à demi effacées de Santa Croce me bouleversaient en raison de mon histoire qui deviendrait un jour comme elles, des lambeaux décolorés dans sa mémoire et dans la mienne.

Dans les musées je ne voyais que les représentations de l'amour. J'étais attirée par les statues d'hommes nus. En elles, je retrouvais la forme des épaules de A., de son ventre, de son sexe, et surtout le léger sillon qui suit la courbe intérieure de la hanche jusqu'au creux de l'aine. Je n'arrivais pas à m'éloigner du *David* de Michel-Ange, étonnée jusqu'à la douleur que ce soit un homme et non une femme, qui ait manifesté sublimement la beauté du corps masculin. Même si cela s'expliquait par la condition dominée des femmes, il me semblait que quelque chose était manqué pour toujours [1].

Dans le train, en revenant, j'avais l'impression d'avoir écrit littéralement ma passion dans Florence, en marchant dans les rues, en parcourant les musées, obsédée par A., voyant tout avec lui, mangeant et dor-

---

1. De la même façon j'ai regretté qu'il n'existe pas, peint par une femme, un tableau provoquant autant d'émotion indicible que la toile de Courbet montrant au premier plan le sexe offert d'une femme couchée, au visage invisible, et qui a pour titre l'*Origine du monde*.

mant avec lui dans cet hôtel bruyant au bord de l'Arno. Il suffirait que je revienne pour lire cette histoire d'une femme aimant un homme, qui était la mienne. Ces huit jours seule, sans parler, sauf aux serveurs de restaurant, possédée par l'image de A. (jusqu'à être stupéfaite que des dragueurs m'accostent, n'auraient-ils pas dû voir celle-ci en transparence dans mon corps?), m'apparaissaient finalement comme une épreuve qui perfectionnait encore l'amour. Une sorte de dépense supplémentaire, cette fois de l'imagination et du désir dans l'absence.

Il est parti de France et retourné dans son pays il y a six mois. Je ne le reverrai sans doute jamais. Au début, quand je me réveillais à deux heures du matin, cela m'était égal de vivre ou de mourir. Le corps entier me faisait mal. J'aurais voulu arracher la douleur mais elle était partout. Je désirais qu'un voleur entre dans ma chambre et me tue. Dans la journée, j'essayais d'être constamment occupée, de ne pas rester assise sans rien faire, sous peine d'être perdue (sens vague alors de ce mot, sombrer dans la dépression, me mettre à boire, etc.). Dans le même but, je m'efforçais de m'habiller et de me maquiller correctement, de porter mes lentilles au lieu de mes lunettes, en dépit du courage que me réclamait cette manipulation. Je ne pouvais pas regarder la télévision ni feuilleter des magazines, toutes les publicités pour parfums ou fours à micro-ondes ne montrent que ceci : une femme attend un homme. Je détournais la tête en passant devant les boutiques de lingerie.

Quand j'allais vraiment très mal, j'éprouvais le désir violent de consulter une cartomancienne, il me semblait que c'était la seule chose vitale que je puisse faire. Un jour, j'ai cherché des noms de voyantes sur le minitel. La liste était longue. L'une spécifiait qu'elle avait prédit le tremblement de terre de San Francisco et la mort de Dalida. Tout le temps que j'ai relevé des noms et des numéros de téléphone, j'étais dans la même jubilation qu'en essayant, le mois d'avant, une nouvelle robe pour A., comme si je faisais encore quelque chose pour lui. Après, je n'ai appelé aucune voyante, j'avais peur qu'elle me prédise qu'il ne reviendrait jamais. Je pensais « moi aussi j'en viens là », sans étonnement. Je ne voyais pas pourquoi je n'en serais pas venue là.

Une nuit, l'envie de passer un test de détection du sida m'a traversée : « Il m'aurait au moins laissé cela. »

Je voulais à toute force me rappeler son corps, des cheveux aux orteils. Je réussissais à voir, avec précision, ses yeux verts, le mouvement de sa mèche au-dessus du front, la courbe de ses épaules. Je sentais ses dents, l'intérieur de sa bouche, la forme de ses cuisses, le grain de sa peau. Je pensais qu'il y avait très peu entre cette reconstitution et une hallucination, entre la mémoire et la folie.

Une fois, à plat ventre, je me suis fait jouir, il m'a semblé que c'était sa jouissance à lui.

Pendant des semaines :
    je me suis réveillée au milieu de la nuit, restant jusqu'au matin dans un état indistinct, éveillée et incapable de penser. Je voulais m'enfouir dans le

sommeil mais il demeurait continuellement comme au-dessous de moi.

je n'avais pas envie de me lever.
Je voyais la journée devant moi, sans
projet. La sensation que le temps ne
me conduisait plus à rien, il me faisait seulement vieillir.

au supermarché, je pensais, « je n'ai
plus besoin de prendre telle chose »
(du whisky, des amandes, etc.).

je regardais les chemisiers, les
chaussures, que j'avais achetés pour
un homme, redevenus des fringues
sans signification, juste pour être à la
mode. Était-il possible de désirer ces
choses, n'importe quelle chose, autrement que pour quelqu'un, pour
servir l'amour? Il m'a fallu un châle
à cause du froid vif : « Il ne le verra
pas. »

je ne supportais personne. Les gens
que j'arrivais à fréquenter étaient
ceux que j'avais connus durant ma
relation avec A. Ils figuraient dans
ma passion. Même s'ils ne m'inspi-

raient aucun intérêt ou estime, j'avais
une sorte d'affection pour eux. Mais
je ne pouvais pas regarder à la télévision un présentateur d'émission, un
acteur, en qui j'aimais auparavant retrouver l'allure, les mimiques, les
yeux de A. Ces signes de lui dans une
autre personne dont je me fichais
étaient comme une imposture. Je
haïssais ces types de continuer à res-
sembler à A.

je faisais des vœux, s'il m'appelle
avant la fin du mois je donne cinq
cents francs à un organisme huma-
nitaire.

j'imaginais qu'on se retrouvait dans
un hôtel, un aéroport, ou qu'il m'envoyait une lettre. Je répondais à des
paroles qu'il n'avait pas dites, à des
mots qu'il n'écrira jamais.

si je me rendais dans un endroit
où j'étais allée l'année dernière quand
il était là – chez le dentiste ou à une
réunion de professeurs –, je mettais
le même tailleur qu'alors, essayant de

me persuader que les mêmes cir-
constances produiraient les mêmes ef-
fets, qu'il m'appellerait le soir au téléphone. En me couchant vers minuit,
abattue, je me rendais compte que
j'avais réellement cru à cet appel toute
la journée.

Dans mes insomnies, je me reportais quelquefois à Venise où j'avais passé une semaine
de vacances juste avant de rencontrer A. Je
tentais de me rappeler mon emploi du temps
et mes itinéraires, je me replaçais sur les
Zattere, dans les ruelles de la Giudecca. Je
reconstituais ma chambre à l'annexe de l'hôtel La Calcina, m'efforçant de me souvenir
de tout, le lit étroit, la fenêtre condamnée
donnant sur l'arrière du café Cucciolo, la
table couverte d'une nappe blanche sur laquelle j'avais posé des livres, dont j'énumé-
rais les titres. Je dénombrais les choses qui
se trouvaient là, les unes après les autres,
tâchant d'épuiser le contenu d'un lieu où
j'avais séjourné avant que l'histoire avec A.

commence, comme si un inventaire parfait allait me permettre de la revivre. Par une croyance identique, impulsion quelquefois de retourner vraiment à Venise, dans le même hôtel, la même chambre.

Durant cette période, toutes mes pensées, tous mes actes étaient de la répétition d'avant. Je voulais forcer le présent à redevenir du passé ouvert sur le bonheur.

Je calculais toujours « il y a deux semaines, cinq semaines, qu'il est parti », et « l'année dernière, à cette date, j'étais là, je faisais ça ». A propos de n'importe quoi, l'ouverture d'un centre commercial, la visite de Gorbatchev à Paris, la victoire de Chang à Roland-Garros, immédiatement : « C'était quand il était là. » Je revoyais des moments de cette époque, qui n'avaient rien de particulier – je suis dans la salle des fichiers de la Sorbonne, je marche boulevard Voltaire, j'essaie une jupe dans un magasin Benetton –, avec une telle sensation d'y être encore que je me demandais pourquoi il était impossible de *passer* dans ce jour-là, ce moment-là, de la même façon qu'on passe d'une chambre à une autre.

Dans mes rêves, il y avait aussi ce désir d'un temps réversible. Je parlais et me disputais avec ma mère (décédée), redevenue vivante, mais je savais dans mon rêve – et elle aussi – qu'elle avait été morte. Cela n'avait aucun caractère extraordinaire, sa mort était derrière elle, comme « une bonne chose de faite », voilà tout. (Il me semble que ce rêve m'est venu souvent.) Une autre fois, c'était une petite fille en maillot de bain qui disparaissait au cours d'une excursion. La reconstitution du crime avait lieu aussitôt. L'enfant ressuscitait alors pour refaire elle-même l'itinéraire qui l'avait menée à sa propre mort. Mais pour le juge, la connaissance de la vérité compliquait la reconstitution. Dans les autres rêves, je perdais mon sac, ma route, je ne parvenais pas à remplir ma valise pour un train imminent. Je revoyais A. au milieu de gens, il ne me regardait pas. Nous étions ensemble dans un taxi, je le caressais, son sexe restait inerte. Plus tard, il m'est apparu de nouveau avec son désir. On se retrouvait dans les toilettes d'un café, dans une rue le long d'un mur, il me prenait sans un mot.

Le week-end, je m'obligeais à une activité physique forcenée, ménage, travaux de jardin. Le soir, j'étais épuisée, les membres engourdis, comme après que A. avait passé l'après-midi chez moi. Mais là c'était une fatigue vide, sans souvenir d'un autre corps et qui me faisait horreur.

J'ai commencé de raconter « à partir du mois de septembre je n'ai plus rien fait, qu'attendre un homme », etc., deux mois environ après le départ de A., je ne sais plus quel jour. Alors que je peux me rappeler exactement tout ce qui est associé à ma relation avec A., les émeutes d'octobre en Algérie, la chaleur et le ciel voilé du 14 juillet 89, même les détails les plus futiles, comme l'achat d'un mixer en juin, la veille d'un rendez-vous, il m'est impossible de relier la rédaction d'une page précise à une pluie battante ou à l'un des événements qui se sont produits dans le monde depuis cinq mois, la chute du mur de Berlin et l'exécution des Ceaușescu. Le temps de l'écriture n'a rien à voir avec celui de la passion.

Pourtant, quand je me suis mise à écrire, c'était pour rester dans ce temps-là, où tout allait dans le même sens, du choix d'un film à celui d'un rouge à lèvres, vers quelqu'un. L'imparfait que j'ai employé spontanément dès les premières lignes est celui d'une durée que je ne voulais pas finie, celui de « en ce temps-là la vie était plus belle », d'une répétition éternelle. C'était aussi produire une douleur qui remplaçait l'attente d'avant, des appels téléphoniques et des rendez-vous. (Encore maintenant, relire les premières pages est de même nature douloureuse que de regarder et de toucher le peignoir d'éponge qu'il enfilait chez moi et enlevait au moment de se rhabiller pour partir. La différence : ces pages garderont toujours du sens pour moi, peut-être pour d'autres, alors que le peignoir – qui déjà n'en a que pour moi – ne m'évoquera plus rien un jour et je le joindrai à un colis de chiffons. En notant cela, je dois chercher à sauver aussi le peignoir.)

Mais je continuais à vivre. C'est-à-dire qu'écrire ne m'empêchait pas, à la minute où j'arrêtais, de sentir le manque de l'homme dont je n'entendais plus la voix, l'accent étranger, ne touchais plus la peau, qui menait dans une ville froide une existence impossible à me représenter – de l'homme réel, plus hors de portée que l'homme écrit, désigné par l'initiale A. Donc je continuais d'utiliser tous les moyens qui aident à supporter le chagrin, donnent de l'espérance quand, raisonnablement, il n'y en a pas : faire des réussites, mettre dix francs dans le gobelet d'un mendiant à Auber avec un vœu, « qu'il téléphone, qu'il revienne », etc. (Et peut-être, au fond, l'écriture fait partie de ces moyens.)

Malgré mon dégoût de rencontrer des gens, j'ai accepté de participer à un colloque à Copenhague parce que ce serait l'occasion de lui envoyer un signe de vie discret, une carte postale à laquelle je me persuadais qu'il devrait forcément répondre. Dès mon arrivée à Copenhague, je n'ai pensé qu'à cela, acheter une carte, recopier les quelques phrases que j'avais composées soigneusement avant de partir, trouver une boîte aux lettres. Dans l'avion du retour, je me disais que je n'étais venue au Danemark que pour envoyer une carte postale à un homme.

J'avais envie de relire l'un ou l'autre des livres que j'avais lus si vaguement quand A. était là. L'impression que l'attente, les rêves de ce temps-là y étaient déposés et que je retrouverais ma passion pareille à ce que je vivais alors. Pourtant je ne me décidais pas à le faire, reculant superstitieusement au moment de les ouvrir, comme si *Anna Karénine* était l'un de ces ouvrages ésotériques où il est stipulé qu'on ne doit pas tourner telle page sous peine de malheur.

Une fois, le désir violent m'est venu d'aller passage Cardinet, dans le XVIIe, là où j'ai avorté clandestinement il y a vingt ans. Il me semblait que je devais absolument revoir la rue, l'immeuble, monter jusqu'à l'appartement où cela s'était passé. Comme espérant confusément qu'une ancienne douleur puisse neutraliser l'actuelle.

Je suis descendue à la station Malesherbes sur une place dont le nom sans doute récent ne m'évoquait rien. J'ai dû demander mon chemin à un marchand de légumes. La plaque indiquant le passage Cardinet est à moitié effacée. Les façades sont ravalées, blanches. Je suis allée au numéro dont je me souvenais et j'ai poussé la porte, l'une des rares à ne pas avoir de digicode. Il y avait au mur le tableau des résidents. La vieille femme, aide-soignante, était morte, ou partie dans une maison de retraite en banlieue, ce sont des gens de classe supérieure qui habitent la rue maintenant. En avançant vers le Pont-Cardinet, je me revoyais marchant à côté de cette femme qui avait tenu à m'accompagner jusqu'à la gare proche, sans doute pour s'assurer que je n'allais pas m'écrouler devant chez elle avec sa sonde dans le ventre. Je pensais « j'ai été ici un jour ». Je cherchais la différence entre cette réalité passée et une fiction, peut-être simplement ce sentiment d'incrédulité, que j'aie été là un jour, puisque je ne l'aurais pas éprouvé vis-à-vis d'un personnage de roman.

J'ai repris le métro à Malesherbes. Cette démarche n'avait rien changé mais j'étais satisfaite de l'avoir accomplie, d'avoir renoué avec une déréliction dont l'origine était aussi un homme.

(Est-ce qu'il n'y a que moi pour revenir sur les lieux d'un avortement? Je me demande si je n'écris pas pour savoir si les autres n'ont pas fait ou ressenti des choses identiques, sinon, pour qu'ils trouvent normal de les ressentir. Même, qu'ils les vivent à leur tour en oubliant qu'ils les ont lues quelque part un jour.)

Maintenant, c'est avril. Le matin, il m'arrive de me réveiller sans que la pensée de A. me vienne aussitôt. L'idée de jouir à nouveau « des petits plaisirs de la vie » — parler avec des amis, aller au cinéma, bien dîner — me cause moins d'horreur. Je suis toujours dans le temps de la passion (puisqu'un jour je ne constaterai plus que je n'ai pas pensé à A. en me réveillant) mais ce n'est plus le même, il a cessé d'être continu [1].

1. Je passe de l'imparfait, ce qui était — mais jusqu'à quand? —, au présent — mais depuis quand? — faute d'une

Des détails sur lui, des paroles qu'il m'avait dites, me reviennent subitement. Ainsi, qu'il était allé au cirque de Moscou et que le dresseur de chats était « incroyable ». Un instant, je suis remplie d'une grande tranquillité, la même que j'éprouve au sortir d'un rêve où je viens de le voir et je ne sais pas alors que j'ai rêvé. Sentiment que tout est redevenu en ordre, que « maintenant c'est bon ». Puis je mesure que ces propos se réfèrent à quelque chose de déjà lointain, un autre hiver est passé, le dresseur de chats a peut-être quitté le cirque, « il est incroyable » appartient à une actualité périmée.

Au détour d'une conversation, je crois comprendre brusquement une attitude de A. ou découvrir un aspect de notre relation que je n'avais pas imaginé. Un collègue avec qui je buvais un café m'a confié qu'il avait eu une liaison très physique avec une femme

meilleure solution. Car je ne peux rendre compte de l'exacte transformation de ma passion pour A., jour après jour, seulement m'arrêter sur des images, isoler des signes d'une réalité dont la date d'apparition – comme en histoire générale – n'est pas définissable avec certitude.

mariée plus âgée que lui : « Quand je sortais de chez elle, le soir, je respirais l'air de la rue en éprouvant une formidable sensation de virilité. » J'ai pensé que A. avait peut-être eu la même sensation. J'étais heureuse de cette découverte, impossible à vérifier cependant, comme si j'avais saisi, ce que ne me donnent pas les souvenirs, quelque chose d'impérissable.

Ce soir, dans le R.E.R., deux filles parlaient en face de moi. J'ai entendu « ils sont en pavillon à Barbizon ». J'ai cherché ce que me rappelait ce nom et je me suis souvenue, après quelques minutes, que A. m'avait dit y être allé un dimanche avec sa femme. C'était un souvenir égal à un autre, par exemple à celui que m'aurait évoqué le nom de Brunoy où habitait une amie perdue de vue. Le monde, donc, recommence de signifier en dehors de A. ? L'homme aux chats du cirque de Moscou, le peignoir d'éponge, Barbizon, tout le texte construit dans ma tête jour après jour depuis la première nuit, avec des images, des gestes, des paroles – l'ensemble des signes qui constituent le roman non écrit d'une passion commence à se défaire. De ce texte vivant, celui-ci n'est que le résidu, la petite trace. Comme l'autre, un jour, il ne me sera rien.

Je n'arrive pas, pourtant, à le quitter, pas plus que je n'ai pu quitter A. l'année dernière, au printemps, quand mon attente et mon désir de lui étaient ininterrompus. Tout en sachant qu'à l'inverse de la vie je n'ai rien à espérer de l'écriture, où il ne survient que ce qu'on y met. Continuer, c'est aussi repousser l'angoisse de donner ceci à lire aux autres. Tant que j'étais dans la nécessité d'écrire, je ne me souciais pas de cette éventualité. Maintenant que je suis allée au bout de cette nécessité, je regarde les pages écrites avec étonnement et une sorte de honte, jamais ressentie – au contraire – en vivant ma passion, pas davantage en la relatant. Ce sont les jugements, les valeurs « normales » du monde qui se rapprochent avec la perspective d'une publication. (Il est possible que l'obligation de répondre à des questions du genre « est-ce autobiographique? », d'avoir à se justifier de ceci et cela, empêche toutes sortes de livres de voir le jour, sinon sous la forme romanesque où les apparences sont sauves.)

Ici encore, devant les feuilles couvertes de mon écriture raturée, illisible sauf pour moi, je peux croire qu'il s'agit de quelque chose de privé, de presque enfantin ne portant pas à conséquence – comme les déclarations d'amour et les phrases obscènes que j'inscrivais en classe à l'intérieur de mes protège-cahiers et tout ce qu'on peut écrire tranquillement, impunément, tant qu'on est sûr que personne ne le verra. Quand je commencerai à taper ce texte à la machine, qu'il m'apparaîtra dans les caractères publics, mon innocence sera finie.

février 91

Je pourrais m'arrêter à la phrase qui pré-
cède et faire comme si rien de ce qui se
produit dans le monde et dans ma vie ne
pouvait plus intervenir dans ce texte. Tenir
celui-ci pour sorti du temps, en somme prêt
à lire. Mais tant que ces pages sont encore
personnelles, à portée de main comme elles
le sont aujourd'hui, l'écriture est toujours
ouverte. Il me paraît plus important d'ajouter
ce que la réalité est venue apporter que de
modifier la place d'un adjectif.

Entre le moment où j'ai cessé d'écrire, en
mai dernier, et maintenant, 6 février 91, le

conflit prévu entre l'Irak et la coalition occidentale a éclaté. Une guerre « propre » selon la propagande, bien qu'il soit déjà tombé sur l'Irak « plus de bombes que sur l'Allemagne pendant toute la durée de la seconde guerre mondiale » (*Le Monde* de ce soir) et que des témoins disent avoir vu dans Bagdad des enfants, rendus sourds par les déflagrations, marcher dans les rues comme des ivrognes. On ne fait qu'attendre des événements annoncés qui n'arrivent pas, l'offensive terrestre des « alliés », une attaque chimique par Saddam Hussein, un attentat aux Galeries Lafayette. C'est la même angoisse, le même désir – et impossibilité – de savoir la vérité que dans le temps de la passion. La ressemblance s'arrête là. Il n'y a plus nulle part de rêve ni d'imagination.

Le premier dimanche de la guerre, le soir, le téléphone a sonné. La voix de A. Pendant quelques secondes, j'ai été saisie de terreur. Je répétais son prénom en pleurant. Lui disait « c'est moi, c'est moi » avec lenteur. Il voulait me voir immédiatement, il allait prendre un taxi. Dans la demi-heure qu'il me restait avant son arrivée, je me suis maquillée, apprêtée dans l'affolement. J'ai attendu ensuite dans le couloir, enveloppée dans le châle qu'il n'avait jamais vu. Je regardais la porte avec stupeur. Il est entré sans frapper, comme avant. Il avait dû boire beaucoup, il vacillait en me serrant et il a trébuché dans l'escalier montant à la chambre.

Après, il n'a désiré prendre que du café. Sa vie, en apparence, n'a pas changé, le même travail à l'Est qu'en France, pas d'enfant bien que sa femme souhaite en avoir un. Il est toujours d'allure juvénile à trente-huit ans, avec quelque chose de plus fripé dans le visage. Ses ongles sont moins nets, ses mains plus rêches, sans doute à cause du froid dans son pays. Il a beaucoup ri que je lui reproche de ne pas avoir donné signe de vie depuis son départ : « Je t'aurais appelée, bonjour, ça va. Et puis quoi ? » Il n'avait pas reçu la carte postale que je lui avais envoyée du Danemark à son ancien lieu de travail à Paris. Nous avons remis nos vêtements mélangés sur le carrelage et je l'ai reconduit à son hôtel du côté de l'Étoile. Aux feux rouges, de Nanterre au Pont-de-Neuilly, nous nous embrassions et nous nous caressions.

Sous le tunnel de la Défense, en revenant, je pensais, « où est mon histoire ? ». Puis, « je n'attends plus rien ».

Il est reparti trois jours après sans que nous nous soyons revus une nouvelle fois. Au téléphone, avant son départ, il m'a dit « je t'appellerai ». Je ne sais pas si cela signifie qu'il me téléphonera de son pays ou de Paris quand il aura l'occasion d'y revenir. Je ne lui ai pas demandé.

J'ai l'impression que ce retour n'a pas eu lieu. Il n'est nulle part dans le temps de notre histoire, juste une date, 20 janvier. L'homme qui est revenu ce soir-là n'est pas non plus celui que je portais en moi durant l'année où il était là, ensuite quand j'écrivais. Cet homme-là je ne le reverrai jamais. Pourtant, c'est ce retour, irréel, presque inexistant, qui donne à ma passion tout son sens, qui est de ne pas en avoir, d'avoir été pendant deux ans la réalité la plus violente qui soit et la moins explicable.

Sur cette photo, la seule que j'aie de lui, un peu floue, je vois un homme grand et blond, lointaine ressemblance avec Alain Delon. Tout de lui m'a été précieux, ses yeux, sa bouche, son sexe, ses souvenirs d'enfant, sa façon brusque de saisir les objets, sa voix.

J'ai voulu apprendre sa langue. J'ai conservé sans le laver un verre où il avait bu.

J'ai désiré que l'avion dans lequel je revenais de Copenhague s'écrase si je ne devais jamais le revoir.

J'ai appliqué cette photo, l'été dernier, à Padoue, sur la paroi du tombeau de saint Antoine — avec les gens qui appuyaient un

mouchoir, un papier plié portant leur sup-
plication – pour qu'il revienne.

Qu'il l'ait « mérité » ou non n'a évidemment aucun sens. Et que tout cela commence
à m'être aussi étranger que s'il s'agissait d'une
autre femme ne change rien à ceci : grâce à
lui, je me suis approchée de la limite qui me
sépare de l'autre, au point d'imaginer parfois
la franchir.

J'ai mesuré le temps autrement, de tout
mon corps.

J'ai découvert de quoi on peut être capable,
autant dire de tout. Désirs sublimes ou mor-
tels, absence de dignité, croyances et conduites
que je trouvais insensées chez les autres tant
que je n'y avais pas moi-même recours. À
son insu, il m'a reliée davantage au monde.

Il m'avait dit « tu n'écriras pas un livre
sur moi ». Mais je n'ai pas écrit un livre sur
lui, ni même sur moi. J'ai seulement rendu
en mots – qu'il ne lira sans doute pas, qui

ne lui sont pas destinés — ce que son existence, par elle seule, m'a apporté. Une sorte
de don reversé.

Quand j'étais enfant, le luxe, c'était pour
moi les manteaux de fourrure, les robes
longues et les villas au bord de la mer. Plus
tard, j'ai cru que c'était de mener une vie
d'intellectuel. Il me semble maintenant que
c'est aussi de pouvoir vivre une passion pour
un homme ou une femme.

Composé et achevé d'imprimer
par l'Imprimerie Floch
à Mayenne, le 29 juin 1992.
Dépôt légal : juin 1992.
Numéro d'imprimeur : 32671.
Numéro d'éditeur : 25814.

Imprimé en France.